KB198630

"마음의 한 자락이, 당신의 가슴에 닿기를"

_____ 님께

김용기 드림

영원한 잠자리 사랑

영원한 잠자리 사랑

2024년 11월 8일 제 1판 인쇄 발행

지 은 이 ㅣ 김용기
펴 낸 이 ㅣ 박종래
펴 낸 곳 ㅣ 도서출판 명성서림

등록번호 ㅣ 301-2014-013
주   소 ㅣ 04625 서울특별시 중구 필동로 6(2층 · 3층)
대표전화 ㅣ 02)2277-2800
팩   스 ㅣ 02)2277-8945
이 메 일 ㅣ msprint8944@naver.com

값 10,000원
ISBN 979-11-94200-35-2

※ 잘못 만들어진 책은 바꿔드립니다.
　　이 책 내용의 일부 또는 전부를 재사용하려면 반드시 저작권자의 동의를 얻어야 합니다.

영원한 잠자리 사랑

김용기 세 번째 시집

도서출판 명성서림

머리말

나와의 약속이 시작되었다.
메일 블로그에 시 한 편을 올리기로 하고
현재까지 914여 편의 약속을 지키고 있다.
이 중에서 158여 편을 골라
[영원한 잠자리 사랑]이라는 이름으로
제3의 시집을 세상에 내놓게 되었다.

어차피 인생이란 잠시 풀잎에 맺혔다가
스스로 사라지는 이슬과 같은 것,
그 찰나의 순간을 살다 가면서
시로 멋진 인생을 노래하려고 한다.

2024 초가을
시인 井瑞 김용기

1부 • 그 이름은 봄이다

2부 • 한 번뿐인 우리네 인생

3부 • 인생은 안개와 같아서

4부 • 영원한 잠자리 사랑

5부 • 삶은 너무 짧은 여행

1

그 이름은 봄이따

삼길포항

항구 옆 벤치에
고독하게 앉아 있는 남자
한 여인이 다가오고

삼길포 항구에
갈바람 불어
석양에 반짝이는

은빛 물결이 일렁이는데

인연이 있는가에
의문을 던지고

출렁이는 바다는
말이 없고 고요해

바다는 보고 있어
눈이 있는 바다를 보았는가

인연을 좋아하는 바다를
보았는가

함께 어울리며 살아요

씨앗은 기름진 토양을
만나야 하고
고기는 물을 만나야 하지만

사람은 느낌 있는 사람을
만나야 행복하다

애타고 애쓰고

질병으로 인하여 고생하는
사람들이 많은데

어려운 사람들을 만나서
응원하고 사랑을 드리고 싶어

알츠하이머병
파킨슨병
배양액이 높은 셀을 맞으면서

기도하는 마음으로 효과 있도록

간절한 마음으로 소원을 빌어보는
사람들의 표정에

애타고 애쓰고 노력하는 삶의
염원이 보인다

자신의 큰 상처가 치료되기 위해
머나먼 곳에서 서로를

지켜보고 알아가고 헤어지고
마음속에 유채꽃이 폈습니다

변화와 성취감

무거운 발걸음이 헛걸음이었지
가벼운 숨소리가 나를 이끌었고

시작은 언제나 그렇듯
망설임과 두려움이 교차하는 곳

그러나 앞으로 나아가는 길에
힘이 되어준 것은 자신의 의지

한 걸음 한 걸음 나아가는 용기

시작은 어려웠지만
꾸준한 노력
한계를 넘어 새로운 세계로

몸과 마음이 활기차지는 순간

가끔은 힘들고 지칠 때도
그 안에 있는 변화와 성취감은

우리에게 자신감을 선사한다

아버지

아버지

그 이름만으로도
세상에서 가장 강한 힘의 존재

언제나 저를 지켜주시고
무엇이든 이겨내도록
도와주시는 아버지

어릴 적 어깨에 안 겨면
따뜻한 안식처 같았죠
마음속에 품고 계신 사랑

세상의 모든 어려움을
이겨내는
힘이 되었고

믿음과 인내는 나의 영원한 교훈
숨겨진 지혜와 따뜻한 웃음
나에게 소중한 보물

아버지
나의 영원한 영웅이요
나의 생에 최고의 멘토

내가 가는 길에 빛이 되어주신 분
곁에서 보듬어 주시고
꿈을 이루도록 응원해 주시는

나의 자랑스러운 아버지
영원히 사랑합니다

멋진 이름으로

마음이 피곤하면
정신력이 부족해서 생긴 일

몸이 피곤하다는 것은
심신 안정에 문제가 있어

봄이 오는 아침에
뿌연 하늘 바라보며
촉촉하게 젖어 드는 토양 속에

새싹이 솟아오르고 있어

하나둘 계획을 실행하자
내 느낌과 감정을
세상에 표현하자
멋진 이름으로

유채꽃이 희망을 말하지
벚꽃들이 다음을 준비하고

온 세상 꽃들이 만발하는
봄날이 오고 있어

봄날의 아름다운 날씨에
화창한 마음으로

당신의 이름
세상에 보이면서 감성을 쓰자

청소하고 싶다

얼굴을 청소하고
하나하나의 점들을
깨끗하게 지워가고

인내가 필요하고
피부에 냄새가 난다

그렇게 지워가며
깨끗하게 청소하네

기억력도 청소하고 싶어
고정된 옛날의 기억들

청소하고 새로운 기억을
입력하고 싶어

자꾸만 사라져가는 기억들
되살리고 싶어

조금 전 입력하고
그 후 잊어버리는 현실

청소하고 싶어
과거를 청소하고
현실로 기억을 살리고 싶어

하는 일이 다르다

터벅거린다.
미리 겁먹고 헤매고
인공지능 시대에

금방이면 끝난 일
많은 시간 속에 헤매고
어쩔 수 없어

각자 다르고
하는 일이 따로 있어

잘하는 거 해왔지
당신은 성공한 사람이야

다른 일을 하려고 하는데
쉽지 않아

머리를 싸매도
하는 일이 다르니까

봄의 노래가

봄바람은
꽃들이 미소로 향기를 피우고
한기를 녹이며
봄의 시작을 알린다

작은 나뭇가지가
춤추듯 흔들리며

새들의 노래가
하늘을 가득 채우지

봄의 노래가
우리의 마음을 흔들리게 하고

새로운 희망이
삶을 피우게 하지

바람 속에는
열매의 약속이 담겨 있고

푸른 잎새가
봄을 노래한다

어쩌란 말이야

어쩌란 말이야.
말로 표현할 수 없는
마음의 감정이
너무나도 복잡하고

사랑이란 감정은
말로 설명하기 어려워

그저 느끼는 대로만
전해지는 것

어쩌란 말이야.
너를 만나서

세상이 모두 아름답게 느껴져

마치 우리의 이야기는
시로 흐르듯이

행복한 시간을 보내고 싶어

어쩌란 말이야.
너를 위한 나의 사랑
마음속 깊이 간직한 채

흘러만 가는데도
어쩌란 말이야

그 이름은 봄이다

봄의 바람이 부드럽게 스치는데
꽃들이 햇살을 맞이한다

새들이 날아다니며 노래하고
봄의 찬란한 희망이 시작한다

얼음이 녹아
흐르는 시냇물 소리

나뭇잎들이 소리쳐
봄이 왔다는 소리

푸른 잔디밭은
새록새록 자라나고

꽃들은 환한 색채들로
세상을 물들이지

봄은 삶의 재생과
변화의 계절
얼음이 녹고
꽃이 피어나는 것처럼

우리의 마음속에
새로운 희망과 사랑이
꽃피워지는 계절

그 이름은 봄이다

봄이 왔는데 행복하니

봄바람이 불면 눈을 감고
귓가에 들리는 소리
행복한
속삭임 같은 소리

가벼운 발걸음으로
걷노라면

마치 구름 위를 걷는 듯한
기분일 것이다

봄바람은 사랑스러운
이야기를 들려주고

따뜻한 느낌으로
마음을 녹여준다

봄바람이 나를 흔들고 있다

봄에는 백두대간

좋은 소식이 온다고 해서
행복했는데

나쁜 소식이 와서 마음속에
슬픔이 오네

옛날에는 환갑이면 늙은이

지금은 팔십이 되어야
늙은이라 말한다지

백두대간 하면서 건강을
과시하더니

혈전으로 떨어지고
중환자실에서 치료

알 수가 없는 운명
참으로 황당하다

재활 훈련을 열심히 해서
백두대간 시작하자

춘삼월 꽃샘추위

오늘 길을 걷다가 들은
여러 가지 소리를 가져왔어

앙상한 나뭇가지 사이로
춘삼월 꽃샘추위 불어오니
지나가는 나그네들 소리

20대 나그네들 끓어오르는
열정으로 추위를 물리치고

40대 나그네들 추위를
바쁜 일정으로 물리친다

60대 나그네들 마음이 추위를
물리치지 못하고 떨고 있다

인생은 삶의 희로애락
모두가 급하게 살아온 세월

각자가 다름으로 시작한다

젊음과 늙음이 공존하는 세상

세상의 절반은 사랑
나머지 세상은 슬픔

봄바람이

봄바람이 스치는 봄날
향기로운 꽃들이
미소 지으며 춤추고

산뜻한 바람이
향기 품은 봄날에

행복이 가득한 순간을
안겨주리라

봄바람은 마음을 가볍게
만들어 주고
번뜩이는 생각과 꿈

한 번쯤은 저 멀리
날아가고 싶은
자유로운 마음

아름다운 봄바람이여
그대는
항상 나를 기쁘게 해주네

새로운 역사

별처럼 높이 떠 있는
빛나는 존재
영광의 기둥 위에 선다

끊임없는 노력과 열정에서
지혜롭게 쌓여

이를 이끄는 것은
가치들의 결합이다

길은 가끔 험난할지라도
목표를 향해 끝없이 나아가는 것

우리가 성취할 때
인생은 새롭게 떠오른다

타인을 뛰어넘는 것이 아니라
자신의 한계를 뛰어넘는 것

끊임없는 발전의 씨앗을
마음에 열매로 품자

나 때는 최고야

살아온 날들을 얘기하면서
추억을 나누고 있다

그 옛날얘기 무용담처럼
들리기도 하고

성공하기도
실패가 있기도

지금은 초라해도
당시에는 최고의 남자였다.

그렇게 다지며 왔다
어느새 중심이 넘어가고

늙어가는 것이 아니라
익어가는 거다

지금도 젊다고 생각한다
합창 단원을 하고
최고의 삶이다

젊었을 때 고생했더라도
지금이 행복하다면
제일 멋지지 아니한가?

목련과 개나리

오늘 산책을 하다가
여러 가지 소식을 가지고 왔어

목련이 하얀 옷을 입고 있어
숭고함처럼 멋지다고
말했지

기분 좋은 웃음이었어
꽃들이 칭찬을 해주니
기분 좋아해

옆에 있는 개나리가
듣고 싶은 말이 있데요

어떤 말이야.

노란색을 싫어하냐고
개나리가 이쁘다 했어

인생도 때로는
흰옷도 입고
노랑 옷도 입는다

친구들이 만개하여

벚꽃들이 만개하여 아름다운
봄날 산등성 오르고
많은 사람이 모여 산책로
걷노라면

지팡이 끌어안았다
어쩌다가 이럴 수가

종심이 되었으니
많이 익어가고 있다

관광차가 흔들리며
몸이 흔들리는 풍경

언제까지
볼 수가 있으려나

모두가 은퇴하고
좋은 세월 속에서

쏟아지는 뙤약볕에
시간을 말리고 있는가

금산사 행복

옛날 옛적에
시골에서
신혼여행 갔는데

갑자기
왕건을 생각했어.

그날의 일들이
생각이 나는 오늘은
결혼기념일

보상으로
그날의 후회 없는 삶을
만들어 주기 위해

여행은 신혼여행 드라마

구름 속에 하늘을
날아가는 비행기

갈 때마다 금산사 행복

그때의 불행이
이 순간 행복을 사준다

교원 자격증

노력하고 진행하고 응원하고
이루어지고
안 될 것 같았는데

꽃이 활짝 피어
너무 이쁘다

나만을 기다리고 있었나!
감사하는 마음이다

잘하고 싶다
처음 도전하는 일들이

힘들고 어려웠어

서서히 하나씩
높은 성이
무너지고 있어

옛날 옛적에 논문을 썼던
기억을 되살리고 있다

또 하나의 교원 자격증
만들었어

노년을 소중하게 지내자

하늘에서 하는데

비가 오는 봄날
여행을 떠난다
꽃들이 활짝 핀 날

세방낙조
멋지게 떠오르는 모습을
예쁘게 상상하고

바다가 보인다
우울한 바다가
눈으로 바다를 건너고

운무에 잠긴 풍경이
너무 좋아
눈으로 그림을 그린다

하늘이 하는데
인간이 막을 수는 없어

먼 곳에서 왔는데
쨍하고 해 뜬 날 염원하다

2

한 번뿐인 우리네 인생

말만 하면 뭐하냐

돈이 많다고 자랑만 하고
쓸데는 안 쓰고 있어

부족한 사람이 쓰고 있으니

지옥에 갔다가
천당에서 왔다고

무게만 잡는다

시골 사람 순진하고
도시 사람 영특하다.

좋은 말을 듣고
사는 것도

싫은 말을 듣고
사는 것도

모두가 자기 하기 나름
말만 하면 뭐하냐

어머니

어머니 사랑은
넓고 깊고 풍요롭고도
조용한 바다 같아

어머니의 미소는 햇살 같아
따뜻하고
위로되는 햇살 같아

어머니의 손길은 바람 같아
무엇이든 감싸주고
날아다니는 바람 같아

어머니의 말씀은 노래 같아
설렘을 주고
위로를 주는 노래 같아

어머니여
당신은 내 인생의 별이요
나를 비춰주는 달이요
사랑으로 가득한 바다입니다

흙에 서 있는 그대

나무들이 말하네
흙 위에 오솔길을 걸으며

살아있음에 느껴보라

잎새가 지휘하고
눈으로 노래하고
악보가 흔들리고

리듬 타면
울림이 살아서 합창한다

흙 위에 서 있는 그대여
향기 품은 봄날에

노래하며 행복 찾아 걸어가자

인생이란 영원할까

하나둘 쌓아 올리고
그렇게 다지며
단합이 되어 왔다

하나둘씩 빠지다 보니
향기 품은 봄날에
부르는 이 없다

인생은 당신이 흘린 땀과
눈물의 양만큼
되돌려 준다지요

하지만 많은 사람은
인생의 항로 앞에서
이렇게 말한다

긴 세월 소비하고
얻은 것이 무엇인가

인생이란
영원한 것은 없다

부끄럽다 말하지 말라

나이가 문제가 되나요
지금도 활기차게 일하고 있어

모임을 추진하고
홍보하고 멋지네요

인생을 어떻게 살 거냐고
마음을 바꾸면 세상이

변하기 시작한다

말하는 어휘가 좋아요
언어 발화가 좋아지고

나름의 능력을 만들었다

그냥 되는 것은 아무것도 없다
나보다 더 노력하고

삶의 고통을 견디며 왔을 것이다

부끄럽다 말하지 말라

생생하게 꿈꾸자

성공을 위해서
생생하게 꿈꾸어 본다

우연히 가족 도움받아 시작
많은 시간 온라인 교육
토끼와 거북이 경주

빡빡한 시간 속에 줌. 교육
참관하고 발표하고

컴퓨터 지식 부족으로
토끼들은 빠르게 뛰어가고

거북이는 깨우치며 가는데
너무나도 힘이 들어

마무리 남았다
교안 작성해서 발표하면 된다

종심의 나이가 되어서
인생에서 처음으로

국가 교원 자격증이다

나의 소망은

봄바람이 불어오면은
수필을 쓴다

마음 깊은 곳을 보며
말로 표현할 수 없는
감정을 풀어놓는다

한 줄 한 줄
나의 이야기를 써 내려간다

그 안에는 내 안의 세계가
담겨있어

갈망과 사랑
아픔과 기쁨이 교차하는

인간의 삶을 그려낸다

나의 소망은
내가 나를 몰랐던

나를 발견하고 싶다

늙어가는 감정

언제부턴가
웃음이 사라지고
눈물이 메말라 가고

아름답다 생각 못 하고
표정이 어두워지고

내가 늙어가는 중인가?
감정이 늙어가는 것인가?

인간의 노화는 체력보다
감정이 먼저 시작되는가?

더 많이 웃고
더 많이 울고

더 많이 놀라워하고
더 많이 즐거워하자

젊은 감정을 만들어 보자

사랑과 평화

산행을 노을이 지기 전에
맨발로 걷고 있어

요즘 유행이라 하지

비둘기 두 마리가
저물어 가는 봄날에
한가롭게 얘기하면서

나를 위한 노래를 부른다.

부와 명예도 좋지만

마음이 안정되고
건강하게 사는 거 최고의

행복이라고 노래해 준다

인생의 굴곡

좋은 날만 계속되고
햇볕만 늘 쨍쨍하면
좋을까

비도 오고 태풍도 불어야
좋을까

인생에서 가장 힘든 시기는
변함이 없는 날들이

계속될 때라고 했다

궂은일이 닥치면
그것이 바로 인생이다.

인생은 살아가는 것이 아니라
살아내는 것이다

나의 긍정적인 생각이
세상을 바꾸는 것이다

살아간다는 건

친구 좋고 공기 좋고
행복한 삶을
걱정이 없는 하루를 채운다

파란 하늘에 하얀 구름 떠 있고
햇살이 쏟아지는 봄날에
마음이 붕 떠 있는 기분

세상사 부러울 게 없다
그러나 내면으로는
남모른 고민을 하고 살고 있어

삶을 살아간다는 건
높은 산을 오르고

파도가 치는 바다를 건너고

길이 아닌 곳도
만들어 걸어가는 것이다

세상 사람들

잘난 맛에 살아가니
지거나 물러서기 싫고
손해 보는 것은 죽기보다 싫어

똑똑하다
참 듣기 좋은 말이지만
세상살이는 그 자체가

즐거움과 행복을 가져다
주지는 못한다

나이가
긍정을 부정으로
만들어 가는 모양이다

결국 똑똑한 사람은
자신을 낮추고
상대방을 존중하고

지혜를 제대로 깨달은
사람이 아닌가 싶다

벼는 익으면 고개를 숙이고
사람도 나이를 먹을수록
다 내려놓고

마음을 비우고
행복을 찾아야 한다

재능과 노력

재능과 노력 두 날개
하나는 타고난 빛
다른 하나는 노력의 무게

재능은 풍요의 씨앗
마음속에 심어진 영광

노력은 그 씨앗을 키우는
인내의 노래

강한 재능은 바람을 타고
날아가지만

끈질긴 노력은 그 날개를
튼튼하게 만든다

재능과 노력은 서로
완벽한 조화를 이룬다
재능은 출발점
노력은 도착점의 길목

끊임없는 노력은

재능을 빛나게 만들고

노력의 결실은

재능을 더욱 높이 솟게 한다

마음이 이끄는 대로

도착점이
어디인지 알 수는 없지만
마음이 이끄는 대로
자연스럽게 흘러가 보면

내가 좋아하는 일을
만나게 될 것이다

내가 가진 이동 수단은
천천히 가지만

여유롭고 안정적이야.

내가 가진 이동 수단은
폭발적으로 가지만

안정적이지 않고 심하면
도중에서 내려야 할 수도 있어

가장 빨리 가는 법
멀리 가는 법도 좋지만

내가 있는 도착점이
어디인지를 고민하는 것이

인생에서 가장 보람찬
일인 것 같다

모래성

망망대해
넓은 바다는 말이 없고
밀려오는 파도는 산산조각
부서져

마음이 열려있는 바다는
많은 사람의 마음을 받아줘
작은 파도만 넘칠 데고

쌀쌀한 바닷바람에
붉게 물들어 가는
노을 시간이 다가오고

모래성을 만들고 있는
친구야

인생이란 갑자기 무너지기도
하고 다시 솟아오른다

파도가 하얀 거품을
품어 내듯이

고난의 시간이 지나면
새로운 삶이 시작된단다

불빛 속에 호숫가

아침에 창문을 바라보니
불빛 속에 호숫가 보이고

멀리서 보이는 울산바위
선명하게 비추고

새벽에 운동하는 사람
달리기를 하는 사람
손잡고 걸어가는 사람

화랑들이 경치가 좋아서
넋 놓고 쉬었다 갔다는 전설

기쁜 마음으로 걷는다

호숫가에 반짝이는 은빛 물결이
편곡하여 지휘하고

음이온이 가슴에 스며들어
걸어가는 사람들
노래하며 힐링하네

아프면서 고통을 견디며
힘들어하는 사람들아

노래가 마음을 편안하게 해준다

무정한 사람

이 세상 왔다가 저 하늘 가셨네!
비통하고 기가 막혀
힘들고 어려운 길 걸어왔는데

지금부터 편안하게 쉬면서
하고 싶은 것 하면서
노년을 보내시길 그랬소

뭐가 그렇게 바쁘다고
그리 가셨소

자식들과 헤어지고
얼마나 힘들어하셨소

사랑하는 임께는 뭐라고
하셨소
마지막 인사라도 하셨소

무정한 사람아, 잘 가소

명함을 만들어 준다

날씨가 무척이나 뜨거운 봄날
내리쬐는 햇살이
여름을 상기시킨다

팔십이 넘어가고 수입이
없을 나이에

활동하면서 수필을 쓰고
정신력이 맑고
듣기에도 이상이 없고

나도 선배님 나이가 되어서
수생 반 학우들에게
멋지게 음식을 제공하고 싶어

돈이 있어도
마음이 있어야 하는데

자식이 아버지 명함을
만들어 준다

그대가 고맙소

내 마음은 늘 그대가 있네!
영원히 함께 할 그대가 있어

난 이렇게 행복하네!

아침에 일어나 학교에 간다고
준비하는 그대가

행복하게 보인다네

그러니 그대는 그저 걱정 없이
마음 편히 행복한 공부 하고
날마다 맘껏 즐겨주면 좋겠네!

예전엔 어두웠던 그대 얼굴이
그때의 모습 어디 가고

날마다 기쁨이 넘치는 행복한
얼굴이 되었다네

언제나 행복하게 해주는
그대가 고맙소

낙조를 두고 간다

잔잔한 파도와
반짝이는 은빛 물결이
낙조가 기다림의 시간이지

종심이 넘어가고
저물어 가는 나이가

낙조와 어울린다

밀물처럼 일어나는
나이는 어디 가고

지나가는 세월이
아쉽기만 하구나

붉게 물든 낙조에
인생도 물들어 가고
쓸쓸한 마음으로

낙조를 두고 간다

한 번뿐인 우리네 인생

세월을 행복과 슬픔 속에
살아오다 보니
어느새 늙음이 왔다

지금까지 살아온 세월
지내고 보니
많이도 살아왔다

좋은 인연을 만나고
슬픈 인연을 만나고

인생이란
만났다 헤어지고
헤어졌다가 다시 만나고

가끔은 안부를 묻는
사람이 있다는 건
행복이라고 생각해

아등바등
살아가는 게 아니라

즐겁게 살아가자

걱정하는 삶도 하루
즐거운 삶도 하루

행복하게 살아가자
하나뿐인 우리네 인생

3

인생은 안개와 같아서

인생은 안개와 같아서

인생은 괴로움과 즐거움이
눈 깜짝할 사이에 지나간다

인생은 안개와 같아서
잠깐이야

어린 시절은 아침과 같고
젊은 시절은 낮과 같고
늙은 시절은 저녁과 같아서

잠깐 지나가지

호텔 같은 집에 살아도
최고급의 차를 타고 다녀도

떠날 때는 다 놓고 가야 해

내가 건강함에 감사하고
일할 수 있음에 감사하고
감사가 넘치다 보면

우리 삶도 행복해진다

반갑다고요/ 신복순

바람이 살랑 내 뺨을 스친다
나뭇잎 살랑 꼬리를 흔든다
오늘은 가벼운 마음으로
산에 왔다.

시원한 바람이 내 얼굴을 스친다
어제도 오고 오늘도 왔다

이렇게 내 몸이 가벼울
수가 있을까

살랑이는 나뭇잎을 보면서
저절로 웃음이 나온다

짹짹 우는 새가 하늘을 맴돈다.

살랑이는 바람과 친구삼아
걸어갑니다

황톳길 / 신복순

오늘도 한 발 한 발
황톳길을 밟는다

흙이 나를 반겨준다

걸을 때마다 발바닥을
시원하게 마사지를 해준다

온몸이 치유되라고

산속에 뿌연 안개가 하늘을
덮었지만

오늘도 나는 건강을 위해
맨발로 산책한다.

바람도 잠들고
새소리도 없는 오늘

나는 힘차게 땅을 걷는다

올 때는 무거운 몸으로
왔지만 돌아갈 때는

새들이 와서 인사하니
가벼운 마음으로 집에 간다.

기억의 문을 열고

기억에 문을 열고
어린 시절로 들어가 본다
생신날
맛있는 음식을 먹인다

기와집
방이 여러 개 앞뒤 마루

먹고 나니 집을 달라고 한다
아버지 아들에게 미루고

아들은 주고 말았다

시골 정자에서 난리가 났다
집도 없는 사람이

왜 기와집 주었냐고

그렇게 집을 가져갔다
그 아버지에 그 아들

어이가 없다

이사 오기 전까지
남의 집에서 살았다

지금은 강남에서 멋지게
살고 있다

황소가 늙어가는 중이다

옛날 옛적에 만났던 사람들
오랜만에 만나기로 했다

당시에는 젊은이 세상으로
살아가기 위해

황소처럼 폭발적으로 뛰었다

황소가 늙어가는 중이다
서서히 고개를 숙이고

개미처럼 협력하는 삶이다

황소가 늙어도 할 일이 있다
나만의 독특한 지식으로

나비처럼 펄펄 날아가자

82

어울려야 늦지 않는다

나이를 먹을수록
만남이 중요하지!

만나서
밥을 먹고 이야기하고

웃어라
껄껄거리고 차도 마셔라

혼자서
한 시간 운동하는 것보다

두세 명이 모여서
대화 나누며
술 한 잔 마시는 것이
오래 산다고 했다

자주 어울려야 늙지 않는다

천사와 악마의 상자

평생을 부모로부터
보호를 받으며
백수로 살아왔어

부모도 남의 자식을
비난한다
자기 자식이 평생 백수인데

자식이 다른 사람을
지적한다

본인이 어떻게 살고 있는지
모른다

엄마가 암이라 치료하고
있는데

아들은 오늘도 깨임을 해

천사와 악마는
각자의 길을 걸어간다

영원히 늙지 않는 비결

불로불사가 인간의 소망이라면
생로병사는 인간의 숙명이다

영원히 늙지 않는 비결은
세상 어디에도 없어

마음이 몸보다 먼저 늙는 것을
경계해야 오래도록 젊음을
유지할 수 있다

싸워서 이기고 듣는 건 욕이요
얻는 건 적이요
남는 건 상처밖에 없다

세상이 아름다운 건
사랑이고
삶이 즐거운 건 친구가 있다

인생의 항로 한고비 지나면

절망은 희망의 어머니
고통은 행복의 스승

시련 없이 성취는 오지 않고
단련 없이 명검은 날이 서지
않는다

사막의 고통 속에서도
인간은 오아시스 그늘을 찾고

눈 덮인 겨울 밭고랑 속에서도
보리는 뿌리를 뻗는다

인생의 항로 파도는 높고
폭풍우 몰아쳐도
한고비 지나면 내일이 찾아온다

우정을 보내니 열어봐

상대방의 의견을 존중하고
지혜롭게 행동했더라면

엄청나게 큰일을 당했어
그런데 별일 아니야 생각하니

나는 싫다고 말했잖아
비행기 예약할 거야

다른 사람들 데리고 간다고 해도
나는 할 말이 없어

우정을 보내니 친구들이랑
모여서 열어봐

어차피 세월이 가면은
헤어지고 마음 변하면 다시
만날 수 있어

비가 밤새 내리더니
우정의 눈물이었어

태국에서 예지몽이

비가 오는 여름날
수업 중에 전화
아키타야 예지몽이 떠오르네!

생각하기도 끔찍한 장소
타인을 위한 배려가 아쉽지

살다 보면 제목으로
수필을 쓰고
조상의 예지몽을 남긴다

태국에서 생긴 일
인생에서
가장 힘들었던 순간들

어느 날 갑자기
인생을 하직할 수도 있겠다
주어진 상황에 최선을 다하자

나는야 한마디 말들이
가슴에 기억했어
생각 없이 표현했던 언어들

이십 년 동안 꽃과 나비들이
펄펄 날았는데
시들어 가니 안타깝다

노력한 만큼 되돌려 받는다

공짜 싫어하는 사람 없지
공짜를 좋아하다가
망신을 당하는 사람이 많아

노력하지 않고 바라는 것은
상수리나무 밑에서 도토리
떨어지기를 바라는 다람쥐야

공짜 좋아하는 사람은 성공한
삶을 살 수가 없어

하는 일은 조금 하고
큰 걸 바라는 공짜 근성이 있다

세상은 자기가 준 만큼 대접받고
노력한 만큼 되돌려 받는다

무언가 얻기 위해서는
그만큼 대가를 내야 한다

가지가 꺾어도 의지가 꺾어도

사랑은 행복의 밑천
마음은 불행의 밑천

젓가락이 반찬 맛을 모르듯
생각으론 행복의 맛을 모른다

가지가 꺾어도
나무줄기에 접을 붙이면
의지는 죽지 않고 살아난다

의지가 꺾어도
용기라는 나무에 접을 붙이면
의지는 죽지 않고 살아난다

실패는 용기의 밑천
실패는 성공의 씨앗

자녀에게 대물림된다

부모 스마트폰 중독
자녀에게 대물림된다네

스마트폰 중독이
자녀에게 전이될 확률이 높다면

스마트폰 사용 습관이
자녀의 스마트폰 의존도 형성에
결정적인 역할을 한다면

초등학교 고학년에서
중학교 사이에 이러한
영향이 강하게 나타난다면

자녀의 정서 발달과
사회성 발달에 부정적 영향이
된다면 은

해결 방안은
자녀 앞에서 스마트폰 사용 자재
자녀와 함께하는 시간을 늘려라

가을 바다

가을 바다에 추억을
그려본다
파란 하늘보다 더 파란 바다

가을 햇살이 반짝이던 날
갈매기 떼 노래하고
신선한 바람만 떠돈다

텅 빈 바다에 묻어 버리고 싶은
고독과 외로움이 남긴 이별

가을 향기를 내어주며
스쳐 가는 그리움
낙엽 지는 소리에도
눈물이 납니다

파란 바다
갈매기 떼 노래하는 바다
추억으로 가는 외로움의
여운이 됩니다

*국회의원회관 소회의실 대지문학회 시화전

인생은 나뭇잎

가을비가 내리는 11월
옷깃을 여미는 바람에
담장 밖 거리에는
싸늘한 바람이 지나가고

낙엽들이 공연하는 소리에
계절을 느끼며
우리네 인생의 황혼기를
연상한다

황금빛 숲과 들은
가을을 전송하고
낙엽을 굴리는 바람에
초겨울 넘어간다

저물어 가는 가을을 보며
인생은 나뭇잎 같다는
생각에 젖어서
우리의 삶을 생각해 본다

*국회의원회관 소회의실 대지문학회 시화전

나그네와 행인

잘난 인생도 못난 인생도

스쳐 가는 바람인걸
흘러가는 저 구름과 같은걸

청춘도 왔다 갔고
인생도 한 번 가면
뒤돌아 올 수 없으니
우리네 인생길
바람과 구름 같은걸

인생은 희로애락
인생은 공수래공수거

*서초 문인협회 시화전

영원한 것은 없다

뱀은 껍질이 단단해지므로
주기적으로 껍질을 벗어야 한다
그렇지 못하면 갇혀 죽는다

우리는 고착화된 관습과
생각의 껍질을 벗어야 한다
스스로 갇혀 있는 울타리에서
벗어나 변해야 한다

영원한 것은 없다
영원해 보이는 것도
조금씩 다 변하는
거부할 수 없는 민물이다

변화를 받아들이는 사람만이
생존할 수 있고 노년의
평안과 행복이 있다
변화하는 자 위기가 없다

*서초 문인협회 시화전

낙조대

붉게 물든 하늘이
바다와 입맞춤 하는 곳
낙조대

서서히 고개를 숙이는 태양
그 자리에 남겨진 여운은
끝나지 않은 이야기

붉은 노을을 품에 안고
파도가 속삭인다

낙조대 추억이 멈추는
찰나의 순간들이

서로 같은 길을 가는 사람들이
하나로 어우러져 춤을 춘다

이제 어둠이 오더라도

마음속엔 여전히 낙조대

*서초 엔솔리지

찔레꽃 사랑

고향을 떠나 두고 온
산천을 그리는 사람들
봄날에 아련히 떠오르는 꽃
찔레꽃

그 자리에 피어난 하얀 꽃
그리움은 가시가 되고
마음은 하얀 꽃잎
눈물은 빨간 열매

아프다고 아프다 하고
아무리 외쳐도
마구 꺾으려는 손길 때문에
나의 상처는 가시가 되었다

사랑은 원래
아픈 것이라고
당신이 말하는 순간
나의 삶은 행복으로 변했다

*서초 엔솔리지

슬픈 도시 1

옥상에 앉아 홀로 사색에 잠긴다
슬픈 도시엔 일몰이 오고
코로나로 인해 자영업자들은
가슴속에 바람이 불어 구구 울었다

늘어선 고층 건물 움직이는 사람들
삼삼오오 어딜 가나 행선지는 어딘가
소리 없이 사색에 젖어
엷은 옷에 바람이 차다

마음 한구석에 벌레가 운다
지고 가는 배낭이 너무 무겁다
버릴 것을 버리지 못하는 게 인생이라고

사람은 누구나 이 세상에 태어나서
저마다 힘든 짐을 감당하다가
나이를 느낄 때면 인생의 허무함에
못내 아쉬워서 가슴을 적시지마는
세월은 또 그렇게 흘러가고 있다

*제1집 슬픈 도시

4

영원한 잠자리 사랑

석양빛 붉은 노을

인생은 석양빛 붉은 노을
세상을 붉게 물들이다가
어둠이 짙게 깔린 밤

밤이 가고
세상은 분주한데
기쁨과 열정과 소망은
희미한 등잔불

감흥이 없는
메마른 가슴에
작은 불씨 하나 만들어
가슴속 깊은 사랑의 씨앗

저물어 가는 해 질 녘
아름다운 붉은 노을
마음에 향기가 남아있는
황혼의 삶

*제2집 석양빛 붉은 노을

영원한 잠자리 사랑

조용한 여름 날 맑은 바람 속
물가에 앉아 바라보니

잠자리 두 마리가 춤을 춘다
살며시 날아가 미소를 띠고

깊은 눈길에 마음을 나누고
바람에 날려 하늘을 그리네

파란 하늘 아래
서로의 온기를 나누며

영원할 것 같은 그들의 시간
잠자리 사랑은 그렇게 피네

우리의 사랑도 자연의
품 안에서 영원히 빛난다

*제3집 영원한 잠자리 사랑

꿈 이루어진 날

많은 날을 한 가지 집념으로 기다려
하얀 눈 내리던 날 꽃을 피웠다

한 달 한 계절 소망을 간절히 원하며
한마음 가득 마음에 새기어 두고
꿈의 향기로 발걸음 잡으며
많이 고민하며 희망의 꽃을 피웠다

사계절 불어주는 바람에
여유를 찾아 숨 쉬며
높은 하늘을 향해 날기를 바랐다

가슴 가득 소망의 이름을 안고서
짧지 않은 세월을 당기며
이름을 만들었다

*한국 문인 등단 시

봄의 대화

뿌연 하늘에 비가 내리고
싸늘한 바람이 창문 틈에 들어온다

봄 향기 가득한 어제는 어디 가고
뒤돌아 물어보니 내일은 온다고 하네

진달래 산수유가 숲속에서 인사하고
가만히 들여다보면서
꽃들과 작은 대화를 나누다 보니

세상은 보고 싶은 대로 보는 사람도 있고
세상을 보이는 대로 보는 사람도 있다고 한다

*한국 문인 등단 시

당신이 떠오른다

보여도 보이지 않아도
보는 것은 보는 것이다

가시는 길은 그렇게
보일 뿐
생각하는 것은
보는 것이다

생각하던 걸 보려고
두뇌를
펼쳐 애써 본다

별이 사라져 간다
밝았다 어두워지고

당신을 바라보니
끝없이 떠오른다

*시사 문단 등단 시

고독이다

고독은 오래될수록
편안하다
떨어지는 빗방울 소리가
구슬프다

누구를 탓하고
누구에게 의지하나

하늘은 심통으로 화나 있고
알 수 없는 침묵 속에

친구도 모임의 벗도
왕래 없는
나 혼자 가득한 것을
안고 있으니

그것이 고독이다

*시사 문단 등단 시

슬픈 도시 2

슬픈 도시에 일몰이 오고
작고 네모난 창문에서 거리를
바라본다

코로나 사이사이로 오고 가는
사람들은
오늘은 어딜 가나 우왕좌왕
떠돌고 있다

세상은 거리두기로 힘들어하고
힘들고 피곤할 때 주저앉아
세상 탓도 한다

사실은 세상은 가만히 있고
모든 것은
우리가 만들어 가는
욕심이라는 것을

쉬엄쉬엄 가면은 좋은 세상도
보일 텐데

사는 게 뭔지 내일을

알 수 없어

흔들리고 앞만 보고 간다

*시사 문단 등단 시

안개 낀 인천대교

길 따라 쭉 늘어져 있는
안개 낀 인천대교
어젯밤 물 위에 서있고
아침엔 갯벌 위에 서있다

썰물처럼 빠져나가고
밀물처럼 밀려오고
바다정원 만들어 조깅하고
자전거를 타고

아침 바람 서늘하다
걷다 보니 캠핑 촌
캠핑 인들의 텐트 앞 의자
커피를 마시며 행복한 모습

모든 사람은 행복을 자신이
만들어 간다
자기들이 좋아하는 일을
하면서 행복을 찾는다

가족여행이
행복을 사주고
화합은 덤이다

안개 낀 인천대교
어젯밤 물 위에 서있고
아침엔 갯벌 위에 서있다

*대지문학상 수상 작품

어릴 적 시골은 천국

어릴 적엔 친구들과
쥐불놀이하며 즐거웠지!
동네방네 불빛이 오가며
해충을 저격했다

세월은 바람처럼
빠르게 건너가고
도심에서 살고 있나?
지방에서 살고 있나?

우리들의 놀이터
그 집은 빈집이 되었다
눈으로 그림을 그렸어요

여기저기 파란 풀잎들이
바닥을 푸르게 하고
방구석엔 벌레들이
사랑을 나누고

지붕에서 요술을 부려

비가 오면 폭포가 생기고
어릴 적에 놀던 천국인데
현실에 그림일세

쥐불놀이하면서
다시 모여 살 수 없겠지
누가 귀촌해서
새집을 만들어 주오

*한석봉문학상 수상 작품

노년의 멋진 인생

눈을 감고 또 감아도
잠이 오질 않으니
언젠가 끝없이 잘 테니

무슨 짓을 해도
부끄럽지 않다는 나이

남의 눈치 살피지 않아도
된다는 나이

더 이상 잘난 체
아는 체 가진 체

할 필요가 없이
멋진 인생 살면 되는 나이

이 시는 나이가 들면서 얻게 되는 자유로움과 평온함, 그리고 진정한 자신을 발견하는 과정을 잘 표현하고 있다. 노년의 멋진 인생이라는 제목처럼 나이 듦의 지혜와 여유로움을 느낄 수 있는 따뜻한 시다. 스스로 모습 그대로를 받아들이고, 남의 시선을 의식하지 않으며 살아가는 것이야말로 진정한 멋진 인생이 아닐까 생각된다.

세상을 빛나게 하는 합창

합창의 음성이 울려 퍼지며
여러 목소리가 하나로
어우러지는 순간

하나의 노래로 우리를 감싸고
음악의 마법에 빠져들어

하늘은 우리 노래를 지휘하고
바람은 리듬 타며 춤을 추고
구름은 리듬에 맞춰 노래하고

합창은 마음을 하나로 묶어주고
노래는 영원을 자유롭게 만들어

세상을 빛나게 하는 순간을 위하여

세상을 빛나게 하는 합창이란, 여러 목소리가 하나로 어우러져서 만들어 내는 아름다운 하모니다. 각기 다른 사람들이 함께 노래할 때, 그 소리는 단순한 음악을 넘어 우리 모두를 감싸며 하나의 공동체를 만들어 낸다. 하늘이 우리를 지휘하고 바람이 리듬을 타며, 구름마저 노래에 동참하는 이 순간은 마치 자연과 인간이 하나로 연결되는 듯하다.

영원한 잠자리 사랑

조용한 여름날 맑은 바람 속
물가에 앉아 바라보니

잠자리 두 마리가 춤을 추네
살며시 날아가 미소를 띠고

깊은 눈길에 마음을 나누고
바람에 날려 사랑을 하고

파란 하늘 아래
서로의 온기를 나누며

영원할 것 같은 그들의 시간
잠자리 사랑은 그렇게 피네

우리의 사랑도 자연의
품 안에서 영원히 빛난다

조용한 여름날, 물가에 앉아 맑은 바람 속, 투명한 날개 잠자리 두 마리, 춤을 추네 한낮의 햇살 속, 빛나는 사랑 연못가 작은 꽃, 향기에 취해 살며시 날아가, 서로를 찾아 깊은 눈길 속, 마음을 나누고 바람에 실려, 하늘을 그리네. 파란 하늘 아래, 자유로이 날며 서로의 온기를, 나누는 그 순간 영원할 것 같은, 그들의 시간 잠자리 사랑은, 그렇게 피네. 물결 따라 흐르는, 그들의 이야기 세상에 남긴 작은, 흔적들 속에 잠자리 사랑은, 영원히 빛나네! 자연의 품 안에, 끝없이 맴도네.

사랑이 없는 인생

사랑이 없는 인생은
풀 한 포기 없는 사막이고

샘물이 말라버린 샘터야

생에 빛을 주고
향기를 주고

기쁨을 주고
보람을 주고

의미를 주고
가치와 희망을 주는 것이

사랑이야

문득문득 외롭기도 해

이 글은 사랑의 중요성을 아름답게 표현하고 있다. 사랑이 없는 인생을 풀 한 포기 없는 사막과 샘물이 마른 샘터에 비유하여, 사랑의 부재가 인생을 얼마나 메마르고, 황폐하게 만드는지를 강조하고 있다. 사랑은 생에 빛과 향기를 불어넣고, 기쁨과 보람, 의미와 가치를 부여하며, 희망을 주는 원천임을 역설한다. 사랑은 단순한 감정 이상의 것으로, 삶의 모든 아름다움과 의미를 만들어내는 중요함을 말하고 있다. 이 글은 사랑이 인생에서 차지하는 본질적인 역할을 강조하며, 사랑이야말로 인간 삶의 중심에 있는 가장 중요한 가치라는 메시지를 전달한다.

설익은 인연에 기대지 말라

한 방향으로 자면 어깨가
아프듯이

생각도 한편으로 계속 누르면
마음이 아프다.

사랑에 취하면 마음이 즐겁고
사람에 취하면 영혼이 즐겁다

꿈을 꾸고 나서 생각하니까
어제의 일들이 꿈이 되었다

살얼음의 유혹에 빠지면 죽듯이
설익은 인연에 함부로
기대지 말라

이 글은 인연과 삶의 균형에 대해 깊이 있는 통찰을 담고 있다. 먼저, "한 방향으로 자면 어깨가 아프듯이, 생각도 한편으로 계속 누르면 마음이 아프다"라는 구절은, 한쪽으로만 치우친 생각이나 태도가 결국 마음에 부담이 되고 고통을 줄 수 있음을 경고한다. "꿈을 꾸고 나서 생각하니까 어제의 일들이 꿈이 되었다"라는 구절은, 시간이 지나고 나면 현실의 경험들이 마치 꿈처럼 느껴지게 된다는 깨달음을 전한다. 설익은 인연에 함부로 기대지 말라는 경고는, 아직 충분히 성숙하지 않은 관계나 인연에 너무 의지하지 말라는 충고다. 이는 불안정한 인연이 오히려 상처와 실망을 줄 수 있음을 의미한다.

한때는 뜬구름을 잡았는데

어설픈 실력으로 대박을
그리겠다고

실력이 없으면 배워야 하는데
뜬구름을 잡는다고 애쓰고

세상을 움직이는 그 시장에서
뭘 얻을 수 있다고

폭락 장에서 한숨짓는 당신이
안타깝다

그래도 한때는 뜬구름을 잡았는데

알 수가 없는 세상이지만
한 번의 오류가 인생을 망칠 수 있다

이 글은 한때 큰 꿈을 가지고 도전했지만, 실력이나 준비가 부족했던 상황을 표현하고 있다. 뜬구름을 잡았다는 표현은 막연한 희망이나 비현실적인 목표를 추구하는 것을 의미한다. 충분한 실력이 없으면서도 큰 성공을 꿈꾸며 무작정 뛰어들었던 자신의 과거를 뒤돌아보는 듯하다. 마지막 부분에서는 인생에서 단 한 번의 실수가 큰 영향을 미칠 수 있다는 경고의 메시지를 담고 있다.

행복도 불행도 나의 선택

관심을 없애면 편하게
살 줄 알았는데

곧바로 외로움이 찾아오고

간섭을 없애면 다툼이
없어질 줄 알았는데

다툼이 없으니 헤어지고

불행하게 사는 것을 마음대로
할 수는 없지만

행복하게 사는 것은 선택
할 수 있다

행복도 나의 선택이요
불행도 나의 선택이다

이 글은 삶에서 행복과 불행이 결국 개인의 선택에 달려 있다는 메시지를 전달하고 있다. 관심과 간섭을 없애면 편안하고 평화로운 삶을 기대했지만, 오히려 외로움과 이별 같은 예상치 못한 결과가 찾아왔다는 경험을 통해, 삶의 복잡한 상호작용을 묘사하고 있다.

까마귀 속마음을 백로가

자신을 속이고 산다는 게
마음이 아파서

외적으로는 표현하지 못하고
내면으로는
남모른 고민 들을 않고 살고 있다.

말하고 싶어도
소통이 어려운 상황에서
증폭되어 싸움으로 변하고

숨겨진 지혜가 담긴 눈물과
아픔이 괴롭히는데

까마귀 속마음을 백로가
어찌 알겠는가?

이 글은 내면의 고통과 외부 세계와의 단절감을 표현하고 있다. 자신을 속이면서 살아가고 있는 현실에 대한 고뇌가 담겨있다. 겉으로는 감정을 드러내지 않지만, 내면에는 남에게 말하지 못한 고민 들이 쌓여가고 있다. 말을 꺼내고 싶었지만, 그 말이 오해를 불러일으키고 결국 싸움으로 이어질 것을 두려워하며 진심을 감추고 살아가는 모습을 보여준다. 또한 깊은 내면의 고통과 지혜가 담긴 눈물이 자신을 괴롭히고 있지만, 다른 사람은 그 고통을 이해하지 못한다는 외로움을 표현하고 있다. "까마귀 속마음을 백로가 어찌 알겠는가?"라는 표현은, 서로 다른 사람들 사이에서 이해받지 못하는 자신의 마음을 상징적으로 나타내고 있다.

인생에서 최고의 엄마

어머니 모시고 풍천장어를
먹으려고 온 딸

손주하고 왔는데 손주가 실수
할머니 기분이 나빠

딸은 아들이 할머니에게
정중하게 사과하기를 요구하니

손주는 두 손을 배꼽에 올리고
잘못된 점을 사과하고

할머니 손주의 사과를 받아
들이면서도 훈육을 통해
잘못된 행동을 바로잡는데

옆에서 보면서 딸의 양육 방식이
인생의 최고의
엄마처럼 느껴져 정말 좋았는데

다른 사람들은 비슷한 상황에서
아이를 심하게 벌주는
장면을 볼 것이며 그런 장면과
비교될 것이다

이 글은 가족 간의 상황에서 벌어진 일과 그에 대한 반응을 통해, 서로 다른 양육 방식과 그로 인한 결과를 보여준다. 첫 번째 상황에서는 손주가 실수했지만, 딸이 아들에게 할머니에게 정중하게 사과하도록 지도하고, 손주가 진심으로 사과하는 모습이 그려진다. 할머니는 손주의 사과를 받아들이면서도 훈육을 통해 잘못된 행동을 바로잡으려 한다. 이를 지켜보는 화자는 딸의 양육 방식이 인생에서 최고의 엄마처럼 느껴져 뿌듯함을 느낀다.

긍정적인 삶의 태도

나를 가슴 아프게 하는 것도
사람이고

나를 행복하게 하는 것도
사람이다

내가
나의 마음을 다스린다면
행복해질 거야

그저
사람의 좋은 점만 보고
살아가자

인생의 주어진 시간 속에
사랑하는 마음으로
살아가자

이 글은 사람과의 관계에서 겪는 감정과 복잡함과 결국 스스로 마음을 다스리면서 좋은 점을 바라보면서 살아가자는 다짐이 잘 드러난 시 같다. 사랑과 행복, 그리고 긍정적인 삶의 태도를 담고 있어 많은 사람에게 공감을 불러일으킬 수 있을 것 같다.

모욕을 말없이 참는 것은

자기보다 강한 사람 앞에서
참는 것은
두려워서 참는 것이고

자기와 같은 사람 앞에서
참는 것은
싸우기 싫어서 참는 것이며

자기보다 약한 사람 앞에서
참는 것은
가장 훌륭한 참음이고

모욕을 말없이 참는 것은
언제나 이기고
있다는 것을 알지 못한다

이 시는 참음과 여러 가지 형태와 그 의미를 고찰하고 있다. 시는 모욕을 참는 상황을 세 가지로 나누어 설명하면서, 각각의 참음이 가지는 동기와 가치를 분석한다. 마지막 구절에는 모욕을 말없이 참는 것이 실제로는 승리하고 있는 것임을 깨닫지 못할 수 있다고 강조한다. 즉, 참는 것이 결코 약함이 아니라 오히려 강함과 지혜의 표현이라는 메시지를 전달하고 있다.

인생은 메아리

인생은 메아리

사랑을 주면 사랑으로 돌아오고
미움을 주면 미움으로 돌아오네

지금은 많은 이들이 우리를
지켜보고
미소를 던지니 미소가 돌아오네

시간이 흐른 뒤,
불만을 던지면
그대로 우리에게 돌아오리

삶이란,
주지 않으면 받을 수 없고
심지 않으면 거둘 수 없네

이 시는 삶의 반사 작용과 상호작용을 주제로 하고 있다. 시를 통하여 전달하고자 하는 메시지는 "행동의 결과는 자신에게 돌아온다"라는 인생의 기본적인 원칙이다. 주는 것과 받는 것이 상호 관계에 있음을 강조하며, 좋은 것을 주면 좋은 것이 돌아온다는 긍정적인 삶의 태도를 제시하고 있다.

5

삶은 너무 짧은 여행

삶은 너무 짧은 여행

어제 사무실 청소를 해달라고
부탁했지만
절대로 이루어지지 않았어

그래서 창고에서 청소기를
올려 스스로 청소를 마쳤네

우리는 내일이면 언제 어디서
얼굴을 볼지 알 수 없는 존재

짧은 여행 같은 인생에서
어쩌면 서로에게 마지막
추억을 남기겠지

그런데 우리는 함께하는
이 짧은 시간을

다툼과 무의미한 논쟁으로
허비하고 있지 않은가

인생은 너무나 짧은 여정이니
마음을 다잡고

마음의 평화를 잃지 말아야
한다는 것을 기억하라

이 글은 인생의 덧없음과 짧은 시간을 강조하면서, 의미
있는 시간 활용과 마음의 평화에 대한 중요성을 이야기하
고 있는 것 같다. 인생의 유한함을 인식하고, 서로 간의 갈
등과 논쟁 대신 긍정적이고 의미 있는 관계를 맺는 것의
중요성을 강조하고 있다. 청소를 예로 들며 일상에서 평
화와 이해를 우선시하는 태도를 권장하는 메시지를 담고
있다.

배려하고 신뢰하는 삶

인간관계는 유리그릇과
같아서
조금만 잘못해도 깨지고

사소한 말 한마디로
원수가 된다

자신의 행복한 운명은
자기 입에서부터 시작된다

전에 우리 헤어지면서
서로를 이해해 주고

마지막 부분까지 인내하며
기다려 주고 해결했다

배려하고 신뢰하는 삶으로
가기 위해 넓은 마음으로

우정을 돈 듯이 쌓아
오래 지속되길 바라요

이 글은 인간관계의 섬세함과 신뢰, 중요성을 잘 표현하고 있다. 인간관계는 깨지기 쉬운 유리그릇과 같다. 한순간의 실수로 쉽게 깨질 수 있고, 사소한 말 한마디로도 적이 될 수 있다. 그래서 우리는 서로에게 주의를 기울이고, 말과 행동을 신중히 해야 한다. 우리의 운명과 행복은 결국 우리의 말과 행동에서 비롯된다. 말은 우리의 생각과 마음을 담아내며, 상대에게 큰 영향을 줄 수 있습니다. 긍정적이고 따뜻한 말을 통해 서로에게 좋은 영향을 주는 삶을 살아가야 한다.

조상의 예지몽을 느껴요

법회를 열고 공양을 올리면서
그 공덕으로 부모, 조상의
영혼을 천도하는 백중기도

아침에 일어나 일찍 절에 가서
부처님 자비를 받아들일 수
있으니, 마음이 편안하고 가볍다

가끔은 인생을 뒤돌아보면서
조상의 예지몽을 느껴요

어려운 과제가 순조롭게
된다는 사실을 느끼면서 살아요

마음의 평화를 찾고
삶의 어려움을 이겨내는데
조상의 예지몽을 느껴요

이 글은 조상과 부모님을 위해 백중기도를 드리며, 그로 인해 마음의 평안을 얻는 경험을 묘사한 것 같다. 절에 가서 부처님의 자비를 받아들여 마음이 편안해지고, 인생을 뒤돌아보며 조상의 존재를 느끼는 모습이 인상적이다. 또한, 조상의 가르침과 기도가 현재의 삶에도 영향을 미쳐 어려운 과제들이 순조롭게 풀리는 경험을 통해 깊은 감사와 안정을 얻는 것 같다. 이 글을 통해 전통적인 불교 신앙과 조상에 대한 경외심이 잘 드러나고 있으며, 이를 통해 마음의 평화를 찾고 삶의 어려움을 이겨내는 모습을 엿볼 수 있다.

낮은 자세 겸손의 의미

한세상 살다 보면
하찮아 보이는 것
에서도 삶의 교훈을
얻는다

자기 것을 주면서도
몸을 숙이는 주전자처럼

물병은 가진 것을 다
줄 때까지 몸을 숙이고
또 숙인다

잔이 물을 얻으려면
주전자보다도 더 낮아야 한다

낮은 자세 겸손의 의미다

이 시는 겸손과 나눔의 가치를 강조하며, 우리가 일상에서 쉽게 지나칠 수 있는 것들에서도 중요한 삶의 교훈을 얻을 수 있음을 이야기하고 있다. 주전자가 물을 따르기 위해 몸을 숙이는 모습, 그리고 물병이 가진 것을 다 줄 때까지 몸을 숙이는 모습은 자신을 낮추어 남을 위해 헌신하는 겸손의 미덕을 상징한다. 잔이 물을 얻기 위해서는 주전자보다 더 낮아야 한다는 구절은, 겸손이야말로 진정한 배움과 나눔의 기초임을 나타난다. 결국 이 시는, 하찮아 보이는 사물들 속에서도 우리가 배울 수 있는 겸손과 나눔의 중요한 가르침을 발견할 수 있음을 일깨워 주는 것 같다.

두 개의 문제를 놓고

가끔은 결정하기가
힘들 때가 있다

두 개의 문제를 놓고
이렇게 하나 저렇게 할까
망설이다 지친다

한 사람이 손목시계를
하나 차고 있으면
몇 시인지를 알 수 있지만

두 개의
손목시계를 차고 있다면
다른 사람에게 몇 시인지
물어봐야 한다

최종 결정 단계에서는
반드시 하나의 기준만
있어야 하는데

선택하기 힘들 때가 있다

이 글은 결정을 내리는 과정에서의 혼란과 그에 따른 피로감을 비유적으로 표현하고 있다. 두 가지 선택지 사이에서 고민하고 망설이는 모습이 마치 두 개의 손목시계를 찬 사람이 시간을 제대로 알 수 없는 상황과 비슷하다는 점을 강조한다. 결국 결정을 내릴 때는 하나의 기준이나 원칙에 따라야 혼란을 피하고 명확한 선택을 할 수 있다는 메시지를 담고 있다.

당당한 노년을 위한 원칙

장수인들의 특징은 늘 뭐든지
한다고 했다

움츠리지 말고 적극적으로
자신이 좋아하고
할 수 있는 것을 찾아서

자기 능력을 사회에 봉사하고
기부하고 베풀어라

받으려 하지 말고 뭔가 주려고
애쓰면 아름답고 당당한
노년이 된다

새로운 사회와 문화 과학에 대한
배움에 조금의 주저함이나
망설임 없이 배워라

잘 살아야 잘 떠날 수 있다

당당한 노년을 위한 원칙은 적극적이고 긍정적인 삶의 자세를 유지하는 데 있다. 장수하는 사람들은 늘 새로운 것을 시도하며 움츠리지 않고 자신이 좋아하고 잘할 수 있는 일을 찾는다. 이러한 태도는 노년기를 활기차고 의미 있게 만든다. 또한 새로운 사회와 문화, 과학에 대한 배움을 멈추지 않는 자세가 중요하다. 잘 살아야 잘 떠날 수 있다는 말처럼, 풍요롭고 당당한 노년을 위해 꾸준한 노력과 배움이 필수적이다.

서운해서 어떡하나

둘이 단조롭게 살다가
한 사람이 먼저 가시면
어떡하나

건강하게 살지 못하고
아내 간병만 하시다가
가시면 서운해서 어떡하나

나이로는 금방이면 하늘에서
다시 만날 수 있지만
그리 쉽게 데려갈는지 모를 일

적적해서 잠 못 이루고
생생하게 생각나서
이 밤을 홀로 준비한다

이 시는 깊은 애정과 함께 찾아오는 이별의 두려움을 섬세하게 표현하고 있다. 오랜 시간 함께한 두 사람 중 한 사람이 먼저 떠나게 되었을 때 남은 이의 외로움과 슬픔, 그리고 홀로 남겨질 것에 대한 불안감을 느낄 수 있다. 그리움이 더해 가는 밤, 그저 생각에 잠기며 그리워하는 모습이 너무나도 진하게 다가온다. 이 시를 통해 느껴지는 감정들은 정말 애틋하고 가슴 아프다.

동네 한 바퀴 돌고 있어

하루를 마무리하고
동네 한 바퀴 돌고 있어

8,000보 걸으면 손목 닥터에서
210포인트 적립해 주고

10,000보 걸으면 동문장학회에
1,000원을 기부한다

맛집이 많아요
해물 대첩 맛집이 생겨나고

명륜 진사 갈비 맛집 앞에서
오늘 밤도 줄 서서 기다리고 있다

건강하게 살면서 행복한 삶을
살기 위해 동네 한 바퀴
마무리하고 집으로 간다

동네 한 바퀴를 돌면서 하루를 마무리하는 모습이 그려진다. 걷기를 통해 건강도 챙기고, 걸음 수에 따라 포인트 적립과 기부도 이루어지니 참 멋진 일인 것 같다. 동네의 다양한 맛집들도 눈에 띄고, 그 앞에 줄 서 있는 사람들의 모습도 익숙하게 떠오른다. 행복하고 건강한 삶을 위해 이렇게 소소한 일상을 소중히 여기는 모습이 참 좋다. 오늘도 좋은 산책 되시고, 편안한 밤 되세요!

아우성을 치던 우리

잠깐 머물다가
금세 떠날 것을 알면서도
아우성을 치던 우리

머물다가 떠날 때를
알고 있는 여름은
이별을 준비하고 있다

짧디짧은 가을 청취를
느끼기도 전에
가을도 그림자처럼 사라지겠지

나이만 먹는다고
세월이 빠르다고
서러워 눈물 흘릴지도 모르겠다

계절의 순환과 세월의 흐름 속에서 느끼는 감정을 아주 잘 표현해 주었다. 이 시는 여름의 끝자락에서 느껴지는 아쉬움과 짧게 지나가는 가을의 청취를 미처 느끼기도 전에 사라지는 시간의 빠름을 담고 있다. 나이가 들수록 세월이 빠르게 지나감을 느끼며, 그로 인해 오는 서글픔을 표현한 부분도 공감이 간다.

나의 가치관과 삶의 기준은

내 삶의 목표는
남과 경쟁하는 것이 아니라
그냥 아름답게 사는 것이다

나의 가치관과 삶의 기준은
나보다 어려운 처지에 있는
사람과 비교하면서 긍정적으로
지혜롭게 사는 삶이다

삶의 지향은 항상 나보다
위에 있는 사람을 목표로 삼아
마음을 다스리며 행복하게
사는 삶이다

문득
내가 알아주는 사람은 누가 있고
나를 알아주는 친구는 누군지
생각해본다

삶에 대한 깊은 성찰을 담고 있는 글이다. 자신의 가치관과 삶의 기준을 돌아보며, 나와 남을 비교하는 것이 아닌 나만의 아름다움을 추구하는 태도가 인상적이다. 또한, 어려운 처지에 있는 사람들과 비교하면서 긍정적이고 지혜롭게 살고자 하는 마음가짐이 돋보인다. 삶의 지향점을 자신보다 위에 있는 사람을 목표로 삼아 마음을 다스리고 행복하게 살겠다는 결심도 강한 의지를 느낄 수 있게 한다. 마지막으로 나를 알아주는 사람과 내가 알아주는 사람을 생각해 보는 그 순간, 우리의 삶에서 중요한 관계와 존재들에 대해 깊이 생각하게 만든다.

기대와 실제 경험 사이에 불일치

한때는 하고 싶은 생각이 들어
지원해서 수업을 듣는다

하나둘 수업방식이 맘에 들지
않고 결국에는 탈퇴하고 있다

내 맘처럼 해주는 교수가 어디에
각자의 방식이 최고라고 하는데

기대와 실제
경험 사이에 불일치로
고민하는 모습이 그려진다

내가 연구에 전진하던지
아니면 열심히 배우던지

두 가지 중에서 하나를 선택한다

이 글은 누군가가 자신의 학업과 학습 과정에서 겪고 있는 혼란과 고민을 표현한 것처럼 보인다. 수업에 대한 기대와 실제 경험 사이의 불일치로 인해 고민하는 모습이 드러난다. 특히, 교수들의 수업방식이 본인의 기대와 맞지 않아 실망하고 결국 탈퇴하게 되는 상황을 묘사하고 있다. 마지막 부분에서는 자신이 연구에 매진 할지, 아니면 열심히 배우는 쪽을 택할지에 대한 선택의 갈림길에서 있는 상황을 표현하고 있다. 무언가 배우는 과정에서 자신에게 맞는 방식을 찾는 것은 매우 중요한 일이며 이는 학습 효율성과 만족도에도 큰 영향을 미칠 수 있다.

좋은 땅에서 좋은 일들이

비옥한 땅에서 자란 나무는
척박한 땅에 심으면
견디지 못하고 죽는다

바위틈에 있던 나무를
캐다가 땅에 심으면
죽지 않고 자란다

처음이라 인사하고
웃음 주고
오래오래 보자 기도했다

터가 좋은 땅에서
좋은 일들이 생기고
바위틈에 있던 나무처럼

경쟁 속에 살아나길 바란다

이 시는 나무의 생존력과 환경의 중요성을 통해 인생의 교훈을 전해주는 것 같아요. 척박한 환경에서도 꿋꿋이 자라는 나무처럼, 도전과 경쟁 속에서 강인하게 성장하고자 하는 마음이 잘 드러난다. '터가 좋은 땅에서 좋은 일들이' 생기기를 바라는 마음과 더불어 어려운 환경에서도 살아남아 자신의 길을 개척해 나가길 바라는 소망이 느껴진다. 이 시에 담긴 깊은 의미와 긍정적인 메시지가 참 인상적이다.

끝없는 노력과 열정

두 사람이 파마 하네
복잡하고 쉽지 않은데
바쁘게 움직이고

기술이 남다르다 할까
끝나지 않았는데
고객은 자꾸 와서 기다리고

사업을 하다 보면 영업을
잘하는 회사는
공장이 쉬지 않고 돌아간다

내가 하기 나름이다
나를 보고 찾아오는 고객
올 수밖에 없는 뭐가 있는지

오늘도 쉼 없이 계속 돌아간다
고객은 기다리고
나만의 노하우가 있다

이 시는 두 사람이 함께 일을 하며 겪는 고충과 그 안에서의 성취감을 잘 묘사하고 있다. 머리카락을 파마하며 바쁘게 움직이는 모습이 생생하게 그려진다. 고객이 끊임없이 찾아와 대기하고 있지만, 그만큼 그들의 기술이 뛰어나고 특별하다는 뜻이다. 사업이라는 것은 결국 얼마나 끊임없이 노력하고 자기만의 노하우를 가졌느냐에 따라 성공이 좌우되는 것처럼 보인다. 시의 마지막 부분에서 오늘도 쉼 없이 계속 돌아간다는 구절은 끝없는 노력과 열정, 그리고 그 안에서 얻는 보람을 잘 표현하고 있다.

인간이 세상에 남기는 흔적

사람이 머물다가 떠난 자리에는
흔적이 남기 마련이다

어떤 이는 악하고 추한 행실의
흔적을 남기고

다른 이는 자랑스럽고 고귀한
흔적을 남긴다

시인은 시로 말하고
음악가는 오선지로 말하고
화가는 그림으로 말한다

우리도 언젠가는 떠날 텐데
어떤 흔적을 남길까

나는 시인으로 멋진 시를
남기고 떠날 것이다

이 글에서는 인간이 세상에 남기는 흔적에 대해 깊이 생각하게 된다. 각 사람은 자신만의 흔적을 남기기 마련이며, 그것이 선한 것이든 악한 것이든, 아름다운 것이든 모두 저마다의 의미를 지닌다. 시인은 시로, 음악가는 선율로, 화가는 그림으로 자신의 존재를 이야기하고, 자신만의 고유한 흔적을 남기게 된다. 흔적이 어떤 것이 될지는 우리의 선택과 삶의 방식에 달려 있겠다.

세대 간의 차이와 전통

푸른 하늘에 산들바람이
불어오고 초록이 우거진 산야
추석이 다가오니 모두
산소에 벌초하러 가네

오고 가는 정이라 했는데
평소에는 뵙지 못하니
머리도 깎아드리고
못다 한 정보도 알려드린다

세대 차이라 했소
우리 세대는 조상을 모시는데
다음 세대는 할 수 있을지
걱정된다

너나 나나 모두
부모 없이 태어날 수 없으니
살다 보면 힘들겠지만
가끔 들렀다가 가거라

이 시는 추석을 맞아 조상님들을 기리며 벌초하러 가는 전통을 담고 있다. 가족들과 함께 산소에 가서 벌초하며 조상님께 인사를 드리고, 그동안의 소식을 전하는 장면을 그리고 있다. 세대 간의 차이와 조상님을 모시는 전통이 이어질지에 대한 걱정도 담겨있다. 모두가 부모의 자식으로 태어난 만큼, 바쁘고 힘들더라도 가끔 조상님을 찾아뵙기를 바라는 마음이 드러난다.

나는 꽃처럼 기억되는 사람

사람은 누구나
잊을 수 없는 사람이 있다

자신에게 상처를 준 사람
자신에게 피해를 준 사람
자신에게 아픔을 준 사람

당시의 큰돈이었는데
투자하면 상장해서
큰돈 번다는 꼬임에

정말로 착한 사람이었는데
도와주고 싶은 사람이었는데
그렇게 빨리 저세상 갈 줄

다른 사람의 가슴속에
기억되는 사람으로 살자

다른 사람의 가슴속에
향기 나는 꽃처럼 기억되는
사람으로 살자

이 글은 사람의 기억 속에 오래도록 남는, 잊을 수 없는 사람에 대해 이야기하고 있다. 이들은 주로 우리의 삶에 깊은 영향을 미친 사람들이다. 어떤 사람은 돈이나 물질적인 이익을 이유로 기억에 남을 수도 있지만, 그보다 중요한 것은 그들이 우리의 가슴속에 어떤 사람으로 기억되느냐 하는 것이다. 이글은 인간관계와 기억의 중요성을 되새기게 하며, 우리가 어떤 사람으로 기억되고 싶은지를 생각해 보게 만든다.

자연의 아름다움과 고단한 삶

황금빛 들녘에는 곡식들이
익어가는 소리
농민들의 피와 땀이 숨 쉬는
소리가 증폭된다

태풍이 준비하고 있고
황금물결은 떨고 있다

사실은 정기적으로 찾아오는
태풍으로 피해를 보는 거

품종 개발 방안이 있음에도
자연의 아름다움이 불안하고
고단한 삶이다

구름 한 점 없는 하늘에서
내리쬐는 뙤약볕에 황금어장을
말리고 익어가고 있다

이 시는 자연과 농민의 삶을 묘사하면서 태풍으로 인한 농작물 피해에 대한 안타까움을 표현하고 있다. 황금빛으로 물든 들녘은 곡식들이 익어가는 아름다움을 상징하지만, 동시에 태풍으로 인해 농작물들이 피해를 볼 위험에 처해 있다는 불안감도 내포되어 있다. 특히, 마지막 부분에서는 태풍에 대한 대비로 품종 개발 등의 방안이 있음에도 불구하고 그 실천이 이루어지지 않는 현실에 대한 비판적인 시각이 담겨있다. 그런데도 농민들은 뜨거운 햇볕 아래서도 땀 흘리며 농작물을 가꾸고 있음을 보여준다.

인왕산의 운무 속에 풍경

서촌 길 역사 탐방길
이상 시인의 오감도 식민지 시대
지식인의 불안과 공포를 표현한 작품

박노수 화가
여백의 미를 잘 살린 작품을 많이
남겼는데 한국적 정서와 자연을
담백하게 표현하기도 하고

송강 정철
가사 문학의 사미인곡 속미인곡
관동별곡 같은 작품으로
조선시대의 자연과 인간의 감정을
담고 있다

비가 내리는 날 운무 속에
인왕산은 마치 한 폭의 풍경을
만들어 내어 멋진 그림을 그리는데

시인들의 역사 탐방길
통인 시장 호떡 먹는 기분이
추억을 소환했다

서촌의 역사 탐방길은 한국의 문학과 예술의 숨결을 느낄
수 있는 특별한 여정이다. 이 길을 걷다 보면 일제강점기
시절을 살았던 이상 시인의 불안과 공포를 작품에 담아낸
오감도가 떠오른다. 그의 작품은 당시 지식인들이 느꼈던
내면의 불안을 강렬하게 표현했다. 박노수 화백의 여백
을 잘 살린 작품을 많이 남겼는데 그의 그림에서 한국의
정서와 자연을 담백하게 표현한 부분들이 인상깊다. 송
강 정철의 가사 문학의 관동별곡 등, 비가 내리는 날 인왕
산은 한 폭의 그림처럼 신비롭고 아름다운 풍경을 자아낸
다. 통인 시장의 호떡이 과거의 추억을 소환했다.

삶의 인생은 각양각색

임과 함께 있으면
시간이 짧아지고

나 혼자 있으면
울적한 시간이 남아돌아 간다.

비가 오는 날
우산을 쓰고 걷고 있다가
책방에 들러서 시집을 꺼냈다

통창으로 된 유리창에서
바라보는 풍경이
바쁘게 움직이는 사람들

멍하니 세상을 바라보는 사람
고민에 잠긴 얼굴들
살아가는 인생이 각양각색

즐거움이 찾아오는 길목에서
행복하게 살아야 하겠다

비 오는 날 우산을 쓰고 책방에 들러 시집을 펼치는 모습이 마치 한 폭의 그림처럼 그려진다. 창 너머로 보이는 바쁜 사람들, 고민에 잡긴 얼굴들, 그리고 멍하니 세상을 바라보는 이들까지, 그 모든 모습은 삶의 다채로운 면을 보여준다. 혼자일 때 느껴지는 울적함과, 함께 있을 때의 시간이 금세 흘러가는 기분은 누구나 공감할 만한 감정이다. 각기 다른 속도로 살아가는 사람들 속에서, 나만의 길을 찾고 그 안에서 행복을 추구하는 모습이 인상깊다.

삶은 아름다움을 가득 담은 여정

졸졸 끊임없이 흘러내리는
시냇물은 썩지 않는다

사람도 매일 새로운 경험과
배움을 받아들일 때
삶은 활기차고
의미 있게 느껴진다

삶은 지루한 것이 아니고
삶은 권태로운 것도 아니다

삶은 신선함과 아름다움을
가득 담고 있는 여정이다

삶은 열정으로 가득 차 있고
자신이 하는 일에 몰두하면
행복은 자연이 따라온다

시냇물이 끊임없이 흐르듯이, 사람도 매일 새로운 경험과 배움을 받아들일 때 삶은 활기차고 의미 있게 느껴진다. 삶이란, 그 자체로 신선함과 아름다움을 가득 담고 있는 여정이다. 지루함이나 권태는 변화 없는 반복에서 오는 경우가 많지만, 새로운 것을 배우고 도전할 때 우리는 희망과 열정으로 가득하다. 자신의 일에 몰두하고 열정을 쏟는 순간들이 쌓이면 행복은 자연스럽게 찾아온다. 이 글은 삶의 긍정적인 면을 발견하고, 활력을 유지하는 비결을 아름답게 표현한 것 같다.

우정과 추억을 소중히

뭉게구름 위를 나는 비행기
여행을 떠난다
초등학교 선후배들이

모든 사람의 기분은
하늘을 나는
초등학생 기분이랄까

일본 여행의 협력과
좋은 기억들이 떠오르고

중국 여행을 간다
이번에도
좋은 이미지가 만들어졌으면

동문회가 없어지고
마지막 남은 동문의 모임
우정과 추억을 소중히 여기자

이 글의 묘사한 장면은 뭉게구름 위를 나는 비행기에서의 자유로움과 동문과 즐거운 여행을 담고 있다. 과거 일본 여행의 협력과 좋은 기억들이 떠오르고, 다가올 중국 여행에서도 비슷한 좋은 경험을 기대하는 모습이 보인다. 마지막으로 동문의 모임이 오래 지속되길 바라는 마음이 진하게 느껴진다. 이 시와 같은 감성은 우정과 추억을 소중히 여기는 따뜻한 마음을 잘 표현한 것이다.

인생의 후반부를 맞이하며

오래 사는 것보다
어떻게 늙어가는 것이 좋을까

노신사처럼
중후한 멋을 풍기고
늙어가는 것이 좋은데

젊었을 때는
부무님이 만들어 준 얼굴이라고

중반부터는
스스로 만들어 가는 얼굴이다

얼굴은
어떤 마음으로
살아왔는지 알려준다

멋지게
아름답게
우아하게
늙어가자고 힘치게 주장한다

멋진 글이다. 인생의 후반부를 맞이하며 어떤 모습으로 늙어갈지를 고민하는 내용이 담겨있다. 얼굴은 마음의 거울 이라는 표현처럼, 우리가 쌓아온 경험과 내면의 상태가 외적으로 드러난다는 메시지가 인상적이다.